我們來追劇！

必追的莎士比亞十大經典故事

桂文亞——著
陳昕——繪

目錄

—作者序—

書窗共讀好時光

桂文亞

喜歡看電影嗎？在劇院裡觀賞過舞臺劇、音樂劇、京劇或是話劇嗎？當我還是學生的時候，曾先後在電影院看過莎士比亞原著改編成的《羅密歐與茱麗葉》和《馴悍記》；成年後也曾出入劇院，欣賞過京劇《竇娥冤》、《趙氏孤兒》和崑曲《西廂記》的演出，此外還包括以京劇形式搬演的莎翁戲劇《哈姆雷特》（也稱《王子復仇記》）及充滿歡樂夢幻趣味的兒童音樂劇《仲夏夜之夢》呢！

《必追的中國戲曲十大經典故事》和《必追的莎士比亞十大經典故事》

這兩本書的出版，正是取材自經典戲劇的故事集。寫作動機來自我從小對戲劇表演及閱讀的興趣，其中最富挑戰性和感謝的，就是研讀期間，邀請摯友——戲劇學家汪其楣教授，指導閱讀中國戲劇史上最具代表性的十個文言文劇本，並改寫成朗朗上口的白話文。

首先，得讀懂這些有點難度的古文，然後從「落落長」的對白中，尋找重點改寫成白話文。其中第一個故事〈宦門子弟錯立身〉，是現存中國戲劇中最早的三個劇本之一，其他九個故事選自元朝，原著作者包括關漢卿的〈感天動地竇娥冤〉、鄭光祖的〈迷青鎖倩女離魂〉和王實甫的〈西廂記：崔鶯鶯和張君瑞的故事〉等。

這些劇本文字典雅生動，除了篇幅不短，難字及典故都特別多，除了截長取短，還要改寫成通暢流利又不「摻水」的白話文，此時，就有賴汪其楣老師的豐富學養，對劇中角色予以分析解疑，深入淺出的講解，不但增強了我的賞析能力，下筆也順暢起來了。

相對於中國戲曲故事，《必追的莎士比亞十大經典故事》改寫相對輕鬆。莎士比亞一生寫過三十八個劇本，因為早有公論，選出十個代表作不難，除了四大悲劇《李爾王》、《馬克白》、《奧賽羅》和《王子復仇記》外，也不錯過《威尼斯商人》、《馴悍記》、《仲夏夜之夢》和《羅密歐與茱麗葉》。這些經典名篇的精采處，就是犀利幽默又優美的對白，處處藏著機鋒和哲思，對於人性的貪婪自私、權力慾望、仁慈博愛……多有著生動深刻的刻畫。當然，其中主要參考書籍也包括了朱生豪先生和梁實秋先生的譯本，以及英國詩人、小說家查理．蘭姆（Charles Lamb）為青少年改寫的《莎士比亞故事集》中文譯本和汪老師的指導。這兩本書完成後，曾先後在一九八四年和一九八七年由民生報出版。

為求內容更豐富完整，書中也介紹了莎士比亞生平，以及當時劇場演出情況和演員服裝等資料。

歷經多年，這套故事集又有了嶄新面世的機會，這不但肯定了閱讀中外經典名篇的意義和價值，也見證了自己「不忘初心」——至今仍堅守在兒童文學寫作及推廣的崗位上，心中滿是快慰和感謝！

導讀

經典名作人人讀

張子樟　閱讀推廣人

英國文學大師莎士比亞（William Shakespeare, 1564-1616）逝世已四百多年。他一生共寫了三十八部戲劇，早期主要是喜劇和歷史劇，中期以悲劇為主，晚年開始創作悲喜劇（又稱為傳奇劇）。從推廣閱讀經典與培養欣賞文學作品風氣的角度來考量，莎士比亞的不朽名作是值得推薦給少年、兒童讀者閱讀的，然而就人生經歷和閱讀經驗而言，少年與兒童可能無法直接進入原典世界，必須借助於適當的改寫本，方能奏效。

至今世人多把莎翁劇本的通俗化歸功於英國散文家查爾斯・蘭姆（Charles Lamb, 1775-1834）和他的姊姊瑪麗・蘭姆（Mary Lamb, 1764-1847）。姊弟二人從三十八個劇本中選出二十種，改寫成可讀性很高的故事《莎士比亞名作選集》（*Tales from Shakespeare*）。弟弟負責四大悲劇：《李爾王》、《馬克白》、《奧塞羅》、《哈姆雷特》（又譯：王子復仇記），以及《羅密歐與茱麗葉》、《雅典的太門》六冊；姊姊則改寫其餘的十四冊：《暴風雨》、《仲夏夜之夢》、《錯中錯》、《馴悍記》、《威尼斯商人》、《無事生非》（又譯：美麗的謊言）、《冬天的故事》、《辛白林》、《終成眷屬》、《維洛那二紳士》、《一報還一報》、《第十二夜》、《皆大歡喜》、《太爾親王配力克里斯》。姊弟二人對莎士比亞時代的語言和文學都很熟悉，他們盡量將原作語言的精華融入故事，文字深入淺出；經過剪裁、整理的情節，輪廓清楚鮮明，使小朋友讀起來容易明瞭。本書所選的十大經典故事，蘭姆姊弟改寫的版本也都有選入，確實具代表性。

細讀莎士比亞的名作，往往會想到：為什麼故事中的主角永遠是皇室貴族，平民與卑微者則扮演永恆的配角或丑角？從某個特殊角度去思索，我們可以了解，在封建年代裡，教育並不普及，文盲特別多，識字成為一種特權。只有皇室貴族成員有機會接受良好的教育，只有他們有能力閱讀文字。為了教化一般百姓，借助舞臺劇的演出，多少可以達成教忠教孝的功能。但統治者沒有想到，戲劇演出會激發臺下觀眾去思考其他的問題：為什麼人生而不平等？為什麼人性如此醜陋？常人要如何力爭上游，才能造成社會階級的變遷？以現代傳播理論來說，觀賞戲劇演出也是一種閱讀方式，只不過當時居於上位者，沒有聯想到戲劇內涵會觸動某些現實問題的衍化。

莎士比亞的劇本主要以成人為訴求對象，主題挖掘人性各個面向，因此，許多人性中的醜陋面，都一一呈現在讀者或觀眾面前，例如自私、貪婪、小氣、仇恨、兇殘等。關心傳播效果的有心之士，也許會擔心這些人性的醜陋面，充滿暴力兇殘的畫面，會不會給小讀者帶來過多的負面影響？其實這是杞人憂天。青少年在電子媒介薰陶下，心身早已練成百毒不侵。或許在他們眼中，莎士比亞故事中的種種，只不過是人生劇場中的小案例而已，何必大驚小怪？

閱讀莎士比亞名作，當然有它的正面功能。故事藉由人性醜陋面、黑暗面的揭露，突顯並襯托出人性高貴面、光明面的可貴，例如友誼、堅貞、誠實、倫理、勇氣等。誠如蘭姆姊弟在原序所說的：「希望這些改寫過的故事，能教孩子們一切美好的、高貴的思想和行為，使他們成為一個有禮貌、仁慈、慷慨和有同情心的人。」這就是我們倡導閱讀經典名作的主因。年輕的讀者看完了，一定會認為這些故事足以豐富大家的想像，提高大家的品質，使他們拋棄一切自私的、唯利是圖的念頭，這些也正是我們自己的願望。希望年輕的讀者長大後，有機會細讀莎士比亞原典的時候，更會證明這種說法是正確的，因為莎士比亞的每個故事，都展示了評論家共同要求的人性的「普遍性」和「恆久性」，確實充滿了教人美德的範例。

追劇小指南 1

用三分鐘認識威廉・莎士比亞

西元一五六四年四月二十三日，威廉・莎士比亞（William Shakespeare）在英國倫敦西北的佛利克郡史特拉福鎮（Stratford-upon-Avon）出生。他的父親約翰・莎士比亞（John Shakespeare）是個雜貨商，曾任鎮長和市議會議員，是地方上的有力人士。母親名叫瑪麗（Mary Shakespeare），威廉是他們的第三個孩子。

青年時代的莎士比亞，不喜歡上學，中學時曾中途退學。十八歲那年，和比他大八歲的安妮·海瑟薇（Anne Hathaway）女士結婚，十九歲那年，長女蘇珊娜出生，二十一歲那年，長男哈姆涅特和次女朱廸絲孿生兄妹出生。

莎士比亞的婚姻生活似乎並不平穩，也缺乏樂趣。傳說，他曾因在地主的林地裡偷鹿被發現，隻身逃往倫敦。

莎士比亞在倫敦，據說曾站在劇院的入口，照料觀眾的馬匹，賺取一些小費維持生活；由於他在戲劇及寫作上的才華，終於當了演員，後來又成為劇作家。

莎士比亞最早寫的是喜劇，《威尼斯商人》和《仲夏夜之夢》，可說是他喜劇作品中的代表作。

最為世人熟知的，當屬莎士比亞的四大悲劇：《哈姆雷特》（王子復仇記）、《奧賽羅》、《馬克白》和《李爾王》。這些作品是莎士比亞晚年傾全力創作的。這個時期，他一面寫戲劇作品，一面參加劇院的經營，積聚了龐大的財富，並在故鄉購置了廣大的房舍和土地，生活優游富裕。

嚴格說起來，莎士比亞戲劇是為了搬上舞臺而寫，而不是為「閱讀」而寫。在莎士比亞時代，戲劇中最重要的特色是沒有女角，女角都是由變聲前的少年扮演。而觀眾也未必是上等人物，觀眾沒有椅子可坐，必須站著看，彼此推擠，扒手趁機大肆活動。扒手如果被抓住，就會被抓上舞臺，綁在椅子上，直到劇終。

莎士比亞一生共寫了三十八齣戲劇、兩篇長詩和許多十四行詩，只活了五十二歲。據說，他是跟朋友——劇作家班・強生（Ben Johnson）一邊飲酒，一邊比賽機智的時候，突然倒地去世，時為一六一六年四月二十三日，三天後舉行葬禮。

追劇小指南 2

重回現場——莎士比亞時代劇場直擊

威廉・莎士比亞是傑出的戲劇家，也是歐洲文藝復興時期最重要的作家之一。他一生中創作了三十八齣戲劇，無論是悲劇、喜劇還是歷史劇，都能生動刻畫出人物角色的個性，並透過情感充沛的臺詞和演員精湛的演技，創造出各種精采且扣人心弦的戲劇作品。

莎士比亞的作品，深受當時英國社會環境的影響。我們不妨從他身處的時代來觀察，看看當時的劇場環境和表演形式是什麼模樣。

❖莎士比亞時代的劇場環境

莎士比亞生活在英國女王伊莉莎白一世統治的時期（西元1558－1603），當時正好是英國藝術文化蓬勃發展的重要階段，詩歌和話劇更是在這個時期進入了黃金時代。

那時候，倫敦有不少固定演出的場所，包括：「玫瑰劇場」、「天鵝劇場」、「環球劇場」和「命運劇場」等。這些讓市民觀看戲劇演出的地方，入場票價落差很大，一樓的站票最便宜，任何人都買得起；環繞舞臺的有頂迴廊坐票和高級包廂價格比較貴，只有富商和貴族才可以負擔。

❖戲劇表演的舞臺設置

演員在劇場演出的舞臺是一個向中心延伸的平臺，三面圍繞著觀眾，舞臺靠後的部分用柱子搭起兩層或三層高的建物。第一層的舞臺會掛上布幕，設置方便演員或道具進出的通道；第二層是輔助舞臺，像《羅密歐與茱麗葉》中男女主角在陽臺相會的那幕戲就會用到；第三層則是設置樂隊，配合故事情節演奏適合的音樂，或讓天使、鬼神這類特殊角色能運用舞臺的高度登場。舞臺的上方和下方還藏有機械裝置和活板門，增添了演員在舞臺表演時的靈活度。

❖莎劇的演出形式

英國的戶外劇場很多，通常會在陽光燦爛的下午兩點或三點演出，不用特別設置照明。後來室內劇場逐漸出現，莎士比亞的劇團經常在黑衣修士戲院（Blackfriars Theatre）演出，跳脫了戶外場地的天氣影響，劇團可以進行全天候的表演。一場戲搬演起來，沒有中場休息時間，也不落幕，情節一場接著一場推進，讓觀眾能全神貫注的投入其中。

時至今日，莎士比亞的戲劇在全世界透過電視、電影、舞臺劇、小說、漫畫融入人們的生活，他作品中描繪的天真、善良、機智、浪漫、嫉妒和悔恨，依然深深打動著讀者的心。

—追劇小指南3—

莎士比亞一直離我們不遠

大文豪莎士比亞生於一五六四年英國文藝復興時期，卒於一六一六年，流傳下來的作品包括三十八部戲劇、一百五十五首十四行詩、兩首敘事長詩和其他詩歌，是人類最偉大的文學與文化資產，餵養了哈定、福克納、狄更斯、梅爾維爾等後世無數的文學靈魂。

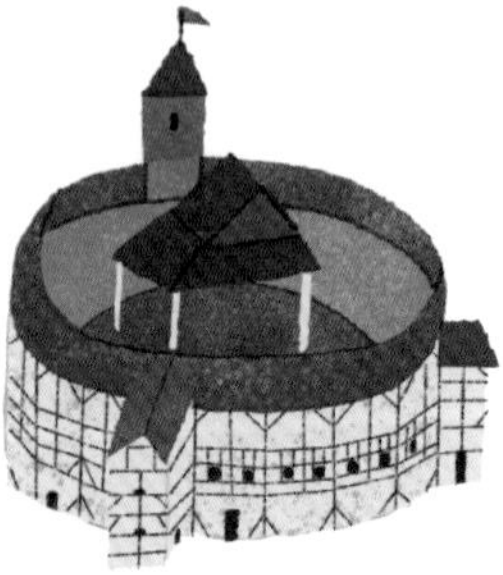

在臺灣，莎士比亞的名字更成了婚紗店、咖啡店，甚至寵物精品店的店招。不過，在學院裡，講得出莎翁四大悲劇是哪四部作品的大學生沒幾個，確實讀過他作品的絕對是稀有動物。怪不得臺灣大學外文系教授、前文學院副院長邱錦榮說：「在臺灣，推『莎普』比推『科普』還辛苦。」

莎士比亞的作品不僅擁有豐富的文學、文化意涵，他還為英語世界創造引進了三千多個字，是整個英語世界的基礎，作為教育的一部分，外國的小學生很可能已經讀過精簡版的《凱撒大帝》。莎士比亞的作品是很好的人文教育，也是非常「營養」的文化傳承，我們為什麼不學人家最好的部分呢？

特別是莎翁的劇作，對人性刻畫深刻，提供我們檢視生命成長的道路。例如《羅密歐與茱麗葉》，裡頭不是只有青春偶像熾熱的愛情，還有上一代加諸的壓力，以及年輕人的抗拒（reactance），這些都是人性的展現。而且羅密歐與茱麗葉並不是在家族裡完成個體化（individuation），而是在彼此的身上完成。把這個故事跟青少年的發展結合，就讓這個劇本跟我們的時代有了連結。至於《李爾王》的故事，可以解讀成親子關係，考驗老人願不願意放下權力；劇裡也釋放另一個訊息，那就是對老化（aging）的不安，這不也正是我們面對高齡化社會必須思考的問題嗎？《馬克白》的主題是「野心」。他在顛峰之作《哈姆雷特》創作的臺詞「To be, or not to be」（生存？或不生存？）更是集所有人生問題的大哉問。讀過莎翁這些劇作，相信能讓年輕學子對人性也多了一些體會與了解。

有的學生可能會問：「為什麼要讀這些東西？這是用『古英文』寫的，很難懂。」但我們要說：「不，現代英文就是從莎士比亞開始的，莎士比亞的語言離我們並不遠。而且，情感與人性，是超越時代與國界的，具有普遍性與永恆性。」莎翁作品背後的文化內涵，經過數個世代傳承，已經刻印在人類歷史足跡上，要不要成為他的文化遺產的繼承人，學習英文世界裡最精華、美好的部分，可以自己決定。本書是一條簡單的入門路徑，也是一個起點。

追劇小指南 4

莎士比亞時代演員服裝圖輯

rabbit44 ／圖

1 威尼斯商人

猶太人夏洛克是義大利威尼斯城的大富商，他的財產，全是靠放高利貸給其他商人累積來的。由於為人刻薄，討起債來一點兒也不留情，善良的人都極討厭他。

年輕的安東尼奧，也是富有的商人，為人卻和夏洛克完全相反。他慷慨、仁慈，經常借錢幫助別人，而且從不收取利息。

夏洛克非常痛恨安東尼奧，認為他把威尼斯做放債生意這一行的人的利息都壓低了。尤其令他不快的是，安東尼奧竟敢在商人集會的地方，當眾辱罵他是「吸血鬼」、「殺人的狗」，甚至把口水吐在他的衣服上。

「要是有一天抓住他的把柄，我是不會饒過他的！」夏洛

克咬牙切齒，暗暗等待機會報復。

一天，安東尼奧的好朋友巴薩尼奧來拜訪他，這人雖是個貴族，卻揮霍成性，常常鬧窮，經常得接受安東尼奧的接濟。

無事不登三寶殿，這回，又來借錢了。原來，巴薩尼奧愛上了貝蒙特地方的一個美麗又聰慧的富家小姐鮑西亞，卻沒錢擺相稱的場面談戀愛，只好懇求老朋友再借他三千金幣。

「我全部的財產都在海上，一時也沒有可以變換現款的貨物。」安東尼奧有點為難，但是為了朋友偉大的愛情，決心用海上的船隻做擔保，向刻薄的夏洛克借貸。

「三千金幣？借三個月？嗯？這可不是一筆小數目，讓我好好想一想。」

夏洛克逮到了機會，諷刺安東尼奧：「噢，親愛的安東尼奧先生，好多次您在大眾面前罵我，沒想到，現在是您來向我求助了。我應該怎麼對您說呢？『一條狗會有錢嗎？一條惡狗能夠借人三千個金幣嗎？』或者我應該彎下身子，用奴才的聲音說：『為了報答您對我辱罵的恩典，所以我應該借錢給您？』」

「我恨不得再這樣罵你！」安東尼奧忍著說：「就算借給你的仇人吧！我利息照付，如果我不守信用，你儘管拉下臉處罰就是了！」

「喲！瞧您生這麼大的氣。」夏洛克假惺惺的說：「我們不妨簽下約定！要是您不能如期還錢，就得隨我的意思，在您身上的任何部位割下整整一磅肉作為補償！」

「再過兩個月，我的船就會回來了，到時候一定把錢奉還。」安東尼奧很有信心，便到公證人那兒簽了一張「萬一還不出錢就得還肉」的契約。

巴薩尼奧因為有了這筆借款，很順利的向貝蒙特出發。不久之後，便傳出了鮑西亞願意嫁給他的好消息。

就在這快樂的當兒，安東尼奧託人帶來了一封信，說是海上的船不幸遇到風暴，全都沉了！而還債的日子已經到了。按照借約，勢必要被夏洛克割去一磅肉，而這一割，恐怕命也保不住了，他希望臨死之前，再見這個好朋友一面！

智慧善良的鮑西亞知道這筆債的由來，立刻要她丈夫帶了比債務多上好幾倍的金幣去贖救；另一方面，她把案情透露給一個律師親戚，希望冒用他的名義、假扮男裝，做安東尼奧的辯護律師。無論如何，她要想盡一切辦法，挽救這位恩人的性命。

開庭的日子到了，狠毒的夏洛克不肯收下巴薩尼奧加了三倍的贖金，堅持要割下安東尼奧身上的一磅肉。

這時候，披著長袍，戴了一頂很大假髮的喬裝律師鮑西亞，還希望用她溫和婉轉的大道理，說服夏洛克呢！

她說：「仁慈就像從天空降下的甘雨，是雙重的幸福，不但對別人行仁慈的人感到幸福，領受到仁慈的人也會感到幸福。」

鐵石心腸的夏洛克，一點兒也聽不進去。

「那麼，你就把刀子準備好，刺進安東尼奧的胸膛吧！」

夏洛克興奮的磨著一把尖銳的長刀，心想，仇人的死期到了。

法庭裡充滿了一種可怕的氣氛，每個人都在為安東尼奧悲痛。

「啊，公平正直的法官！博學多才的法官，判得好！來，預備！」夏洛克躍躍欲試，尖刀對準了安東尼奧的胸膛。

「且慢！還有別的話！」鮑西亞及時阻止：「契約上並沒有允許你取一滴血，只寫明『一磅肉』。所以，你可以按照約

定拿一磅肉，可是割肉的時候，要是流下一滴血，按照威尼斯的法律，你的土地財產得全部充公！」

夏洛克一聽，兩眼發直，臉都白啦，便改口願意接受還給他加三倍的金幣。

可是鮑西亞說：「按照規定，已不能更改了。」

「把我的本錢還給我，放我走吧！」夏洛克哀求。

「可是，你剛才不是已經拒絕了嗎？」

「那麼，我不打這場官司了！」

「已經遲了，夏洛克。」鮑西亞說：「按照威尼斯的法律，凡是企圖用直接或間接手段謀害他人生命的人，不但財產充公，還犯了死罪！」

這麼一來，夏洛克可真嚇得七魂出竅，只有拼命求饒的份兒了。

幸好，法庭上的公爵、法官、陪審團，包括差一點失去性命的安東尼奧，都是心地仁厚的人，夏洛克終於保住了一條老命，只是損失了所有的財產。

「請讓我回家去吧！我不太舒服。」夏洛克報復安東尼奧的陰謀失敗了，一下子好像老了二十歲，變得又疲倦又憔悴。

追劇也追句

莎士比亞的劇本對白雋永、機鋒處處，不時有明喻、暗喻、雙關語……很多經典名句直指人性、深入人心。這個單元，為每個故事選出一兩句淺顯的經典名句，或是一小段關鍵內容，雙語呈現，讓我們一起追追「劇」也追「句」。

字畝編輯部

威尼斯商人 *The Merchant of Venice*

追劇

夏洛克持刀走向安東尼奧，打算取他一磅肉。

鮑西亞說：「且慢，還有別的話！契約上只寫明取『一磅肉』，並沒有允許你取『一滴血』。所以，你可以按照約定拿★一磅肉，可是割肉的時候，要是流下一滴血，按照威尼斯的法律，你的土地財產得全部充公！」

追句

Shylock advances towards Antonio and prepares to use his knife.

Wait! There is something else. Antonio has promised to give you ★ a pound of his flesh. But he has not promised to give you any of his blood. If you let one drop of his blood fall, you will lose all your land and all your money.

（鮑西亞）

2 馴悍記

凱瑟麗娜是富人巴普提斯的大女兒，由於性情暴烈，善於罵人，大家給她取了一個外號，叫做「潑婦凱瑟麗娜」。

巴普提斯對這個女兒很頭疼，所以儘管有許多年輕人來追求他溫柔嫻慧的二女兒，他卻表示先嫁了大女兒再說。可是，又有哪個男人敢娶這樣一個悍婦呢？妹妹的婚事，也就被姊姊拖累了。

正巧，有個叫彼特魯喬的先生特意來帕度亞這個地方物色妻子。他聽說凱瑟麗娜家裡有錢，長得又漂亮，就拿定主意要娶她為妻。

巴普提斯巴不得女兒趕快嫁出去，就答應給女兒兩萬克郎作為陪嫁，等死後再分贈一半田產。這場奇怪的婚事就這樣商議妥當了。

彼特魯喬是個聰明、愉快的幽默家，他為了改造凱瑟麗娜的暴烈性格，用了很特別的法子。

他說：「我要提起精神向她求婚，如果她開口罵人，我就說她唱的歌兒像夜鶯一樣曼妙；要是她向我皺個眉頭，我就說她看起來像浴著朝露的玫瑰一樣清麗；要是她默不出聲，我就恭維她的能言善辯；要是她叫我滾蛋，我就向她道謝，好像要留我多住一個星期一樣；要是她不願意嫁給我，我就向她請問吉期……」

總而言之，當凱瑟麗娜第一次見到彼特魯喬的時候，他的態度好得不得了。例如凱瑟麗娜罵他是個「大笨鵰」，他就笑著說：「啊！親愛的小鴿子，讓大笨鵰捉住你好不好？」

也不管凱瑟麗娜怎麼謾罵，是否答應這門婚事，彼特魯喬自作主張的決定了結婚的日子，並且答應為他的新娘訂製最考究華麗的禮服。

星期天，所有參加婚禮的賓客都來了，可是等了好半天，新郎還不見蹤影，把凱瑟麗娜給氣哭了。更叫大家吃驚的是，好不容易等到新郎出現，卻被他的一身打扮給嚇壞了：彼特魯喬穿著一件舊馬甲，破舊的褲子腳管高高捲起；一雙靴子千瘡百孔，可以用來插蠟燭。他還佩了一把生了鏽的劍，騎了一匹渾身是瘡的馬，戴著一頂破帽子上插著一卷爛報紙充當羽毛，模樣兒活像個妖怪的跟班！

任憑他人怎麼勸，新郎都不肯換裝，而且說新娘嫁的是他本人，不是他的衣裳！進行婚禮的時候，彼特魯喬更加瘋瘋癲癲，一面跺腳一面罵；婚禮剛結束，還沒有走出禮堂，他就當眾敬酒，並且把杯底一塊浸滿了酒的麵包，丟到教堂司事臉上，理由是司事的鬍子太稀，一副餓相。

這樣的婚禮真是空前。幸好這些無理取鬧的行為都是裝出來的，為的是用計策馴服凱瑟麗娜的潑辣。

為了慶祝女兒的婚禮，巴普提斯擺下了很豐盛的喜宴。可是彼特魯喬卻一把抓住新娘，堅決、凶惡的宣布要把老婆領回家，任誰也不能阻止。

他挑選了一匹瘦弱不堪的馬，走的是一條坑坑洞洞的泥路。每當那匹馬累得趴在地上，彼特魯喬就把那匹可憐的馬和僕人罵得狗血淋頭。看來，他簡直是天底下脾氣最壞的人。

到了家門口，彼特魯喬很客氣的請新娘進去，可是又拿定主意當天晚上不給又餓又累的新娘吃東西，也不讓她好好休息。

晚餐的時候，他故意對每盤菜都挑毛病，把肉丟得滿地，而且還假惺惺的說是不讓她吃不合口味的食物。等凱瑟麗娜餓得只好進房安歇的時候，他又找起床鋪的毛病，扯起枕頭滿屋子亂丟，害她一夜坐在椅子上。

凱瑟麗娜的驕傲和凶悍，就這樣被飢餓和疲倦給大大磨損了。她心裡雖是氣呼呼的，卻學會了說：「我請求您。」「謝謝您。」

第二天一早，彼特魯喬答應帶凱瑟麗娜回娘家。他說要把凱瑟麗娜打扮得像豪門貴婦一樣美麗，可是等訂製的衣服拿來後，卻一件件批評，說是「衣袖像炮筒，裙身凹凹凸凸像蘋果餅」，然後把裁縫統統趕出去，叫凱瑟麗娜穿上平常的衣服回家。

回家的路上，彼特魯喬還不斷的警告她，只要敢說個「不」字，就別想回到她父親那兒去了。

「我說它是月亮，就是月亮；我說它是星星，就是星星！」彼特魯喬指著太陽說。

「是的，月亮，星星。」凱瑟麗娜恭順的回答，她已經快餓昏了，連說話的力氣都沒有了。更有趣的是，她還順著彼特魯喬的指

示，誇獎路上碰到的一位老先生「臉蛋兒又紅潤又白嫩」呢！

這時候，她已經完全屈服了。

來到巴普提斯家，已經有許多賓客等候著。其中有兩對新婚夫婦，是彼特魯喬的朋友，他們取笑他，居然娶了個潑婦當妻子。

「那可不見得。」彼特魯喬說：「我們打個賭，各自派人去叫自己的老婆，看誰最聽話——誰的老婆一叫就來，就算誰贏！」

另外兩個丈夫很樂意打這個賭，而且把賭注從二十克郎加到一百克郎。

結果，那兩個朋友的老婆都說有事不肯來，只有凱瑟麗娜服從命令。

「彼特魯喬好女婿，恭喜你啦！你贏了這場打賭，我要額外再添兩萬克郎的陪嫁，就當做我給另外一個女兒的，因為她變得跟以前完全是兩個人啦！」

最高興驚訝的人大概要數「潑婦」的父親巴普提斯了。他簡直不敢相信自己的眼睛！

追劇也追句

馴悍記 *The Taming of the Shrew*

追劇

「我要提起精神向她求婚，如果她開口罵人，我就說她唱的歌兒像夜鶯一樣曼妙；要是她向我皺個眉頭，我就說她看起來★像浴著朝露的玫瑰一樣清麗……要是她叫我滾蛋，我就向她道謝，好像要留我多住一個星期一樣……」（彼特魯喬）

追句

I will attend her here,
And woo her with some spirit when she comes.
Say that she rail; why then I'll tell her plain
She sings as sweetly as a nightingale:
Say that she frown, I'll say she looks as clear
★ As morning roses newly wash'd with dew……
If she do bid me pack, I'll give her thanks,
As though she bid me stay by her a week……（彼特魯喬）

3 李爾王

3 李爾王

李爾王年紀老了，身體又不好，為了減輕自己的責任和負擔，便把國土劃成三部分，準備分給三個心愛的女兒去治理。「孩子們，在我還沒有把政權、領土和國事的重任全部放棄以前，告訴我，你們中間哪一個人最愛我？我要看看誰最有孝心，誰最賢德，我就給她最大的恩惠。高納里爾，我的大女兒，你先說。」李爾王把三個女兒叫到跟前，想比較她們愛他的程度來分配國土。

大女兒高納里爾愛的是父親的國土和財勢，可是嘴裡卻說：「我愛您勝過自己的眼睛、整個空間和廣大的自由，我愛您是不可以數量計算的。」

一陣盲目的衝動，李爾王高興的把廣大國土的三分之一賜給大女兒和她的丈夫。

「你呢？最親愛的里根？」國王問二女兒。

「我和姊姊一樣。」里根也是一個虛情假意的人：「只有愛您才是我無上的幸福。」

李爾王高興極了，也把三分之一的國土賜給二女兒和她的丈夫。

「現在，我的寶貝考狄利亞，你有沒有什麼話要告訴我呢？」考狄利亞是李爾王最寵愛的女兒，他期待更忠誠的坦白。

「父親，我沒有話說。」考狄利亞很誠實的回答。

「沒有？『沒有』只能換取『沒有』！重新說過！」

「父親，我是個笨拙的人，不會把我的心湧上我的嘴。我

愛您只是按照我的本分，一分不多，一分不少。我的年紀雖小，我的心卻是忠實的。」

李爾王本來就是一個性情暴躁、容易激動的人，一聽之下，勃然大怒，便要她重新修正措辭。

「父親，您生下我，教養我，愛惜我，厚待我，我受這樣的恩德，只有恪盡我的責任，服從您，愛您，敬重您。我的姊姊們要是用她們整個的心來愛您，那麼她們為什麼要嫁人呢？要是有一天我也出嫁了，我的丈夫，將得到我的愛、關心和責任；假如我只愛我的父親，我一定不會像兩個姊姊一樣去嫁人的。」考狄利亞是真心誠意的愛她的老父親，可是她不願意因為虛偽的奉承，而得到豐富的賞賜，所以說出來的話並不動聽。

暴怒之下，李爾王就把原來留給考狄利亞的那三分之一的國土收回來，平分給兩個姊姊，又當著所有大臣的面前，把王冠賜給她們；同時，交出了全部權柄、稅收和國政，僅僅保留著國王的名義、一百名武士。他準備每個月在他兩個女兒的王宮裡輪流居住，安享晚年。

受到冤屈的考狄利亞沒有辦法辯白，便嫁給愛她而且了解她的求婚者法蘭西國王，傷心的向父親告別了。

李爾王輕率的放棄了王位以後，命運之神開始捉弄他了，種種屈辱和不幸相繼降臨。其實，與其說是命中注定，不如說

這是他是非不清、黑白不明的後果吧？

首先是他的大女兒高納里爾，父親住在她的王宮還不到一個月，她便已經露出真面目。她討厭看見國王和那一百名武士；每當她看見李爾王，不是愁眉苦臉，就是態度怠慢，甚至經常裝病，用種種方法躲避他。

「這老廢物已經放棄了他的權力，還想管這個管那個！年老的傻瓜和小孩子一樣，不對他凶一點是不行的！」高納里爾故意激怒國王，好讓他早點到妹妹里根那裡。

李爾王開頭還只覺得大女兒愈來愈冷淡他、不尊敬他，直到女兒明明白白的說出，如果他一定要保留那一百名既沒有用又浪費錢的武士，她的王宮就不給他住了！國王簡直不能相信有這樣忘恩負義的女兒，便悲憤異常的把馬備好，帶著那一百名武士到二女兒家去住。一路上，他想起小女兒考狄利亞，心裡又慚愧又難過。

二女兒里根早就從姊姊那裡得知父親要來的消息。而且為了挑撥妹妹也反對父王，高納里爾還親自跑到里根的王宮裡，和她商量計策。

兩姊妹比賽似的數落她們父親的糊塗、昏庸，說他年紀大了，必須給一個比較有見識的人「管教管教」。

里根還對父親說：「你應該明白自己是一個衰弱的老人，一切只好將就點兒。要是你現在仍舊回去跟姊姊住在一起，就聽她的話，減少一半的侍從，等住滿一個月，再到我這兒來吧！對了，父親，等你下回到我這兒來的時候，請只帶十五個人來，如果超過這個數目，恕不招待！」

最後的希望就此幻滅了，李爾王的悲傷、憤怒和懊悔已經不能用言語形容。這個可憐的老人，被憂傷和老邁折磨得痛不

欲生，兩個不孝、忤逆的女兒，帶給他多大的羞辱啊！他想念他的三女兒。

「天哪，給我忍耐吧！我需要忍耐！神哪，我要瘋了，請不要讓我發瘋！你們以為我會哭泣嗎？不，我不願哭泣，我雖然有充分的理由哭泣，可是我寧願讓這顆心碎成萬片，也不願流下一滴淚來！」

可憐的李爾王，不願意低聲下氣的向他兩個親生女兒討吃討穿，就吩咐人把馬拉過來，準備離去。就在這個時候，已經黯淡的夜色中，出現了陣陣可怕的閃電，田野裡颳起狂風，吹散了李爾王根根白髮，也吹起了他寬大的衣袍。

兩個無情無義的女兒，不理會狂風暴雨，把父親關在大門外。

大受打擊的李爾王，就在黑夜裡迎著狂風暴雨的襲擊，然後發瘋了。

李爾王 *KING LEAR*

追劇

「現在，我的寶貝考狄利亞，你有沒有什麼話要告訴我呢？」

……「父親，我沒有話說。」

★「沒有？『沒有』只能換取『沒有』！重新說過！」

「父親，我是個笨拙的人，不會把我的心湧上我的嘴。我愛您只是按照我的本分，一分不多，一分不少。我的年紀雖小，我的心卻是忠實的。」

追句

★ Nothing will come of nothing: speak again.（李爾王）

Unhappy that I am, I cannot heave
My heart into my mouth: I love your majesty
According to my bond; nor more nor less.（考狄利亞）

4 美麗的謊言

從前，在義大利西西里島的一個王宮裡，住著一個美麗的姑娘貝特麗絲，她是總督里奧的姪女。

貝特麗絲的性情很活潑，但是有一個缺點，就是閒不住嘴，很喜歡挖苦、譏笑別人，也不管事情是真是假、是對是錯，就愛隨便開玩笑，經常讓人感到難堪，下不了臺。

有一天，有幾個年輕、英俊又勇敢的軍官來拜訪總督里奧。由於他們是總督的好朋友，常常見面，當然也都領教過這個總督姪女的「嘴上功夫」了。碰巧，其中有一個叫做班尼狄克的軍官，也是個閒不住嘴的人，他可不願意讓貝特麗絲的口才占了上風，所以兩人每回見面，都會互不相讓的脣槍舌劍一番，分手的時候，也總是氣鼓鼓的。

這回，班尼狄克一走進屋子，就和總督熱烈的談話，貝特麗絲偏偏故意打斷他們的談話說：「班尼狄克先生，您怎麼還在那兒講話呀？沒有人聽著呢！」

「哎喲，傲慢的小姐！您還活著嗎？」班尼狄克立刻反擊，一點兒也不客氣。

「世上有班尼狄克先生那樣的人，傲慢是不會死的；頂有禮貌的人，只要一看見您，也就會傲慢起來。」貝特麗絲也反脣相譏。

「那麼，禮貌就像個反覆無常的小人囉！」班尼狄克諷刺

的說。除了她以外，毫無疑問的，無論哪個女人都欣賞他，不過他可是一個也不喜歡。

「與其聽一個男人發誓說他喜歡我，我寧願教我的狗向著一隻烏鴉叫。」貝特麗絲驕傲的仰著頭。

「好，您真是一個好鸚鵡老師！」班尼狄克的口才也不是「蓋」的。

「像我一樣會說話的鳥兒，比起像您一樣的畜生，總要好得多啦！」貝特麗絲說。

「我希望我的馬兒，能跑得像您說起話來一樣快，也像您的舌頭一樣，不知道疲倦。儘管說下去吧！我可沒空奉陪啦！」

總而言之，這兩個人的相處真可以用「水火不容」來形容，尤其在爭論的時候，貝特麗絲明明知道班尼狄克很勇敢，卻偏要說他是個著名的大飯桶，軍隊裡那些發霉的軍糧，都是他一個人吃下去的；她更注意到親王很喜歡聽班尼狄克的談話，於是就給他取了個外號叫「親王的小丑」。一個口才家最怕背上小丑的汙名，而這種指責有時候的確跟事實太近似了。所以，這句譏諷的話，比貝特麗絲以前說過的話，更讓他難堪，自然也讓他益發的不喜歡這個「烏鴉嘴」貝特麗絲姑娘。

儘管貝特麗絲和班尼狄克這一對年輕人是「冤家對頭」，

親王卻對他們之間詼諧的談話很感興趣，不禁興起了一個荒謬的念頭，想讓這兩個人發生感情，結為夫妻。親王把這個念頭告訴了總督，結果總督很高興的參加了這個遊戲，甚至，總督的女兒希羅和班尼狄克的好朋友克勞狄奧，也都答應幫忙撮合這門親事。

這個妙計的第一步是讓班尼狄克相信貝特麗絲愛上了他，然後，要貝特麗絲也相信班尼狄克愛上了她。

第二天，當班尼狄克坐在涼亭裡看書的時候，親王就和總督站在涼亭附近的樹叢，故意裝作不知道班尼狄克在那裡，旁若無人的談起天來。

「里奧，那天你告訴我什麼話來著？怎麼可能？你的姪女貝特麗絲愛上了班尼狄克？」親王問。

「想不到她會這麼多情，從表面上看，她好像很討厭他似的。」里奧總督說，這件事他是從希羅那裡聽來的。

（這個時候，班尼狄克已經把耳朵豎得直直的啦。）

「貝特麗絲是個非常可愛的姑娘，品行也很好，她什麼事都聰明，就是在愛上班尼狄克這件事上不太聰明。」接著，兩人就你一言我一語的形容貝特麗絲對班尼狄克是多麼深情，夜裡總要起來二十次，為的是想寫一封信給他，結果最後又把信給撕了，因為她很害羞，怕給人取笑。然後，他們又你一言我一語的把班尼狄克也稱讚了一番才離去。

班尼狄克非常熱切的聽了這場談話。聽說貝特麗絲愛上了他，不禁自言自語的說：「他們談話的神情很嚴肅，當然不會有假。哎喲，她這麼愛我，我一定要報答才是。他們說這個姑娘長得漂亮，這是真的。說她的品行很好，也是事實……」他愈想愈有可能，竟覺得自己愛上了貝特麗絲，準備先向她要一張玉照留做紀念。

同樣的，希羅和她的女侍歐蘇拉也故意安排了一個場合，讓貝特麗絲聽見她們的談話。

「貝特麗絲來的時候，我們就把班尼狄克誇得好像走遍天下再也找不到像他這麼正直、高貴、勇敢、善良的人似的。」

果然，貝特麗絲中了圈套，偷偷來聽她們的談話了。

「你真的相信班尼狄克這樣一心一意的愛著貝特麗絲

嗎？」歐蘇拉問希羅。

「當然啦，是我親耳聽見父親說的。可是，千萬別讓她知道，像貝特麗絲這樣古怪的人，一定會把他譏笑得無地自容。」

「人家都說她心竅玲瓏，我相信她不會糊塗到這個地步，去拒絕班尼狄克那樣一個難得的紳士……」這兩個也是你一言我一語的，說得像真的一樣。

「我的耳朵怎麼熱得像火一樣？」貝特麗絲簡直不敢相信有這樣的事，「難道我就讓他們這樣批評我的驕傲和輕蔑嗎？再會吧，狂妄！再會吧，驕傲！班尼狄克，你要是真的愛我，我一定會報答你的。我會轉變以前對你的態度，我這顆野馬似的心將馴服在你誠懇的手下！」

事情就是這麼簡單、奇妙。你一定可以想像得到，這兩個人下次見面時，會變得怎麼樣啦！

追劇也追句

美麗的謊言（或譯：無事生非）*Much Ado About Nothing*

追劇

「哎喲，傲慢的小姐！您還活著嗎？」班尼狄克立刻反擊，一點兒也不客氣。

「世上有班尼狄克先生那樣的人，傲慢是不會死的；頂有禮貌的人，只要一看見您，也就會傲慢起來。」貝特麗絲也反脣相譏。

「★那麼，禮貌就像個反覆無常的小人囉！」班尼狄克諷刺的說。

追句

What, my dear Lady Disdain! are you yet living?（班尼迪克）

Is it possible disdain should die while she hath such meet food to feed it as Signior Benedick?

Courtesy itself must convert to disdain, if you comein her presence.（貝特麗絲）

★ Then is courtesy a turncoat.（班尼迪克）

5 馬克白

馬克白是蘇格蘭的貴族，由於英勇善戰，不久前才打了一場勝仗。

當他和戰友班柯凱旋回國，經過一片枯黃的荒原時，遇見了三個模樣枯瘦、服裝怪異、滿臉皺紋和鬍鬚的女巫。

「萬福，馬克白！祝福你，葛萊密斯爵士！」第一個女巫居然認識他。

「萬福，馬克白！祝福你，考特爵士！」第二個女巫說。目前，他還不配享有這個高貴的稱呼。

「萬福，馬克白！未來的君王！」第三個女巫說得更離奇了。

然後三個女巫轉過頭，對著班柯將軍說：「祝福，祝福，祝福！您比馬克白低微，可是您的地位在他之上；您雖然不像馬克白那樣幸運，可是比他更有福！」

說完話，三個女巫就失蹤了。

正在他們感到奇怪的當兒，國王的信差來了，就像奇蹟出現，馬克白居然被策封為「考特爵士」。他是一個有野心的人，想到第三個女巫所說的「未來的君王」，不禁有點動心了。

不久，國王鄧肯出巡，途中要在馬克白的古堡過夜。馬克白夫人的野心比丈夫更大，便慫恿他謀殺國王篡位。

馬克白的心腸畢竟軟些，想起國王是自己的親戚，為人一向公正、慈祥，又從來沒有欺負過老百姓，多少覺得這種謀害是卑鄙的。

馬克白的夫人可是蛇蠍心腸，就用激將法來刺激他：「你寧願像一頭畏首畏尾的貓兒嗎？懦夫！男子漢就應敢做敢當！」

於是，馬克白鼓起勇氣，拿著尖刀，摸黑溜進了國王的臥房，一刀殺了國王！再把兩個睡夢中的侍從的性命給解決了。接著，他把尖刀藏在侍從的衣服裡，臉上塗滿血跡。

第二天早晨，夫婦倆裝成很悲傷的模樣，馬克白還向眾人解釋，他因為悲憤而殺了那兩個叛徒。

懷疑的人比相信的人多。「愈是跟我們血統相近的人，愈想喝我們的血！」尤其國王的大兒子馬爾康、小兒子道納本愈

想愈不對勁，便趕忙逃走了。

女巫的預言完全應驗了，馬克白終於以血統最近的繼承者資格，加冕當上了國王。可是，他依舊耿耿於懷一件事，那就是女巫的另一個預言——「班柯比他更有福」。

他可不願意到頭來把到手的王位拱讓出去，便想辦法布置一個盛大的晚宴，把所有重要的爵士都請來，然後趁班柯在參加宴會的途中，埋伏刺客，刺殺他！

奇怪的事情發生了，被害死的班柯的鬼魂出現在宴會裡，

而且就坐在馬克白的椅子上！

王后和貴族們什麼也看不見，只看到馬克白面色慘白，對著空椅子語無倫次：「你不能說是我幹的，別對我搖著你染著血的頭髮！」

「去！離開我的眼前！去！可怕的影子！」

馬克白夫人只好向賓客們解釋：「各位大人，這不過是他的舊病復發，沒什麼別的緣故；害各位掃興，真是抱歉得很！」

虧心事做多的人，總會受到良心的指責。馬克白開始日日夜夜被惱人的疑惑和恐懼包圍，甚至，那個狠毒的王后，也和他一樣，每晚都作著可怕的夢。

「為什麼我們要在憂慮中進餐，在每夜使我們驚恐的噩夢中睡眠？為了尋求自己的平安，我們把別人送進墳墓去享受永久的平安，可是我們的心靈，卻把自己折磨得沒有一刻安靜！」

馬克白為了尋找內心的平靜和王位的保障，決定再去找那三個女巫。

女巫們知道他會來，早就準備了可怕的符咒。那些符咒都是用可怕的材料做成的，有癩蛤蟆、蝙蝠、蛇、狗舌頭、狼牙、毒草根、山羊膽、手指頭……把這些東西放進一口大鍋裡慢慢熬，等到煮沸的時候，就立刻澆上狒狒的血、母豬的血、殺人犯的脂肪……就可以把地獄裡的鬼魂召出來，使他們回答問題。

果然來了三個鬼魂。第一個吩咐馬克白要當心費輔爵士；第二個要他不必害怕，因為凡是從女人胎裡生出來的，都不能傷害他；第三個是安慰他不要害怕什麼陰謀，除非勃南的樹林會移動，不然他永遠不會被打敗。

這個預言，給馬克白帶來錯誤的自信。

就在這個時候，馬克白聽見費輔爵士逃到英格蘭，投奔鄧肯國王的長子馬爾康的消息。他氣極了，果然是個危險的「叛徒」（他忘記自己才是真正的叛徒），就馬上派兵攻打費輔爵士的城堡，並且殺死他的妻子和所有有一點關係的人！

這種行為，實在太殘忍了，全國上下對這個既不仁民、也不愛物的新國王益發感到憤恨，沒有人愛戴他，也沒有人敬重他，不少人因此參加了馬爾康和費輔爵士組成的大軍，他們要消滅這個暴君！

馬克白和夫人對這種處境十分恐懼，大概是受不了良心的責備和人民的仇恨吧？馬克白夫人也得了夢遊症，每天晚上起來都會重複洗手的動作，口裡還喃喃自語：「這兒還有一股血腥氣，所有阿拉伯的香料都不能叫這隻小手變得香一點！啊！啊！啊！」

過了不久，王后病死了。馬克白失去了精神支柱，精神幾乎崩潰；更令他害怕的是，馬爾康的大軍已日日逼近了。

這天，一個面色蒼白、渾身嚇得發抖的送信人跑來向他報告：「勃南的樹林移動了！」

「說謊的奴才！」他寧可不相信這個事實。難道女巫的預言是真的？

「狠毒的惡賊！地獄裡的惡狗！」接著，費輔爵士持著他的長劍來報仇了！

「讓你的刀刃降落在別人的頭上吧！我的生命可是有著魔法的保護，沒有任何婦人所生的人可以傷害我！」馬克白狂妄的說。

可是，他錯了！費輔爵士的確不是婦人「生」下來的，而是他母親「剖腹產」的早產兒！

至於移動的森林，解釋起來也很簡單。這是馬爾康的一種戰術，他命令士兵每人砍一根樹枝捧在面前，這樣就可以掩蓋軍隊的確實人數。

馬克白在抵抗中戰死了，三個女巫的預言完全正確！

追劇也追句

馬克白 *Macbeth*

追劇

「為什麼我們要在憂慮中進餐，在每夜使我們驚恐的噩夢中睡眠？

★為了尋求自己的平安，把別人送進墳墓去享受永久的平安，可是我們的心靈，卻把自己折磨得沒有一刻安靜！」（馬克白）

追句

Ere we will eat our meal in fear and sleep
In the affliction of these terrible dreams
That shake us nightly: better be with the dead,
Whom we, ★ to gain our peace, have sent to peace,
Than on the torture of the mind to lie
In restless ecstasy.（馬克白）

6 雅典的泰門

泰門是雅典城最富裕的貴族，他的慷慨和仁慈，是世間少有的。

大家尊稱他「泰門大爺」。真的，只要走進泰門大爺家大門的人，全都從他那兒得過大大小小不同的好處呢！

「他的恩惠是隨時隨地向人傾倒的。誰替他做了一件事，他總是給對方價值七倍的酬勞；誰送他一件禮物，也一定會得到加倍的賞賜！」這是大家公認的事實。

朋友欠債被關進監獄裡，泰門送去贖金，使朋友恢復自由；陌生人的獨生女要出嫁，泰門會送上豐富的嫁妝；作家來推銷作品，畫家來推銷畫作，珠寶商、綢緞商賣不出的貨品，一送到泰門大爺那裡，只消兩三句好話，和藹的泰門一定統統

照單全收。

不但窮人喜歡到泰門大爺跟前獻殷勤，商人、貴婦、達官、朝臣，各種身分的人也都禁不起泰門大爺的樂善好施，不斷擠進他家的門廊，在他耳邊說著好聽的恭維話，享受一頓又一頓豪華筵席，接受各種貴重的禮物。

這天，泰門大爺又在家裡大宴賓客了，好朋友曼特斯正好來拜訪。

「啊，曼特斯，好久不見，歡迎，歡迎！」泰門很高興見到老朋友。

「我不要你歡迎，我是來做一個旁觀者的。」曼特斯回答。

「你的脾氣太乖僻啦！吃點東西，喝點酒吧！」泰門大爺笑著說。

「我不要吃你的肉，喝你的酒，它會噎住我的喉嚨，因為我永遠不會諂媚你。天哪！多少人在吃你，你卻看不見他們，這樣一杯一杯的乾下去，要把你的骨髓和你的家產都吸乾了啊！」

可惜的是，忠言逆耳，泰門大爺怎麼會接受好朋友的勸告呢？他的耳朵聽的、眼睛看的，全是最美麗、也是最虛偽的謊言。儘管他的家產多得數不清，可是以他那樣漫無節制的揮霍，就算金山、銀山，也遲早會被剷平。

「這樣下去怎麼得了？」泰門忠實的管家維斯，可真急壞了。「他的錢箱早已空得不剩一文了，又從來不想知道自己究

竟還有多少錢，也不給我機會說出實情。泰門老爺是這樣慷慨，他現在送給人家的禮物，都是出了利息向人借貸來的，他的土地全都給抵押出去了！」

如今，泰門大爺答應別人的每一句話，其實都超過自己的實力，也都是一筆負債。他哪裡想得到，與其用酒食供養這些比仇敵還凶惡的朋友，不如做一個沒有朋友的人呢！

當泰門知道自己的田產都已經賣光，拿去抵償債務的時候，他居然還不相信的說：「從雅典到拉西臺蒙，都有我的田產哪！」

「哎，我的好大爺，」管家維斯嘆著氣說：「世界只有這麼一個，它也有邊兒啊！要是都屬於您，而您一句話就把它送了，也會很快就沒了呀！」

「得啦！我雖然是慷慨了些，可慷慨也不是壞事，好心腸的維斯，你又何必哭？難道你以為我會缺少朋友嗎？放心吧！憑我對人的這點交情，只要開個口，誰都會把他們自己和他們的財產讓我自由支配的！何況，我還可以藉這個機會，試探我的朋友呢！」泰門很有自信的說。

只是，這些「朋友」現實得多麼可怕啊！泰門闊的時候，人人都奉承他、討好他；如今他窮了，人人都躲起他來了。以前，他的家擠滿了白吃白討的人；現在呢，家裡擠滿了亂吵亂鬧的債主，一個個又凶又狠，催逼著他要債券、利息和抵押品。那些得過他恩惠的人，如今全忘了，變得像仇人一樣啦！

「用你們的債票打倒我，把我腰斬了吧！」

「剖開我的心！把我的血一滴一滴的數出來，還你五千滴血！你要多少？你呢？扯碎我的四肢，把我的身體拿了去吧！」憤怒的泰門，悲傷的泰門，可憐的泰門，對著債主這樣喊叫。

終於，他想了一個辦法，把管家維斯找來。「去，再把我的朋友一起請來，說我的破產是為了試探他們的誠心，讓那些混帳東西再進一次我的門，我會預備好東西給他們吃！」

就像夢境一般，所有曾經逃避泰門或向他討債的人，又重新換了一副嘴臉，正如同燕子跟隨夏天，泰門家又恢復了歡樂熱鬧的景象。他們嘴裡說著抱歉的話，心裡想著山珍海味，這些人都認定了泰門的破產，的確是假裝出來的。

音樂響起，熱騰騰的筵席堂堂皇皇的擺上來了，每個人興奮期待著。

「請各就各位吧！不要客氣。」泰門大爺像往日一樣慷慨而仁慈的請大家坐好。遮在盤子上的布揭開了，他們睜大眼睛以為是什麼好東西，沒想到，看到的除了一盤盤溫水，什麼也沒有！

「狗子們，舔你們的盆子吧！」泰門收起笑臉，一面把盤子的水澆在眾人臉上，一面把杯盤往他們身上摔！「你們這一群口頭朋友！可厭的寄生蟲！脫帽屈膝的奴才！水氣一樣輕的小丑！」客人嚇得慌忙抓起帽子，亂成一團的往外逃走了。

這是泰門大爺最後一次的宴會。從此，他就離開雅典城，住在海岸附近的一個洞穴裡，吃野樹根，喝生水，脫離了那一班虛假的、可惡的「朋友」，過著野獸一樣孤單的生活。

追劇也追句

雅典的泰門 *Timon of Athens*

追劇

音樂響起，熱騰騰的筵席堂堂皇皇的擺上來了……沒想到，看到的除了一盤盤溫水，什麼也沒有！……泰門收起笑臉，一面把盤子的水澆在眾人臉上，一面把杯盤往他們身上摔！「★你們這一群口頭朋友！可厭的寄生蟲！脫帽屈膝的奴才！水氣一樣輕的小丑！」……這是泰門大爺最後一次的宴會。

追句

……May you a better feast never behold,
★You knot of mouth-friends I smoke and lukewarm water
Is your perfection. This is Timon's last;
Who, stuck and spangled with your flatteries,
Washes it off, and sprinkles in your faces
Your reeking villany.
……You fools of fortune, trencher-friends, time's flies,
★Cap and knee slaves, vapours, and minute-jacks!
Throws the dishes at them, and drives them out.（泰門）

7 奧賽羅

奧賽羅原是生長在非洲西北部的摩爾人，由於英勇善戰，屢次在戰爭中建功，被晉升為威尼斯的將軍。

由於早年四處為家，漂泊流浪，奧賽羅比起威尼斯的一般年輕貴族，有著更多的冒險經歷。這些真實精采的冒險，包括歷年來經過的各種大大小小戰爭啦，在廣大的岩窟、荒漠中旅行的經驗啦，以及如何被敵人俘虜而中途脫逃，又如何遇見吃人族和腦袋長在肩膀下等等奇人異事，不但讓旁聽者目瞪口呆，更讓威尼斯元老布拉班修的女兒蒙娜小姐為之動心傾慕不已！

蒙娜小姐出身高貴，不但長得非常美麗，性情也很溫柔嫻靜；雖然奧賽羅出身貧賤，又是不同種族、膚色的黑人，但因為他的勇敢上進，蒙娜小姐是深深愛上他了。甚至，蒙娜小姐還不顧當時禮教的束縛和家人的反對，就私下與這個黑將軍舉行婚禮，選擇他作為終身的伴侶。

奧賽羅固然因為英勇而贏得國王的信任、部屬的尊敬和美人的芳心，但是，卻有一個叫做伊阿古的人，「恨他恨得像地獄裡的刑罰一樣」，想盡辦法要陷害他。

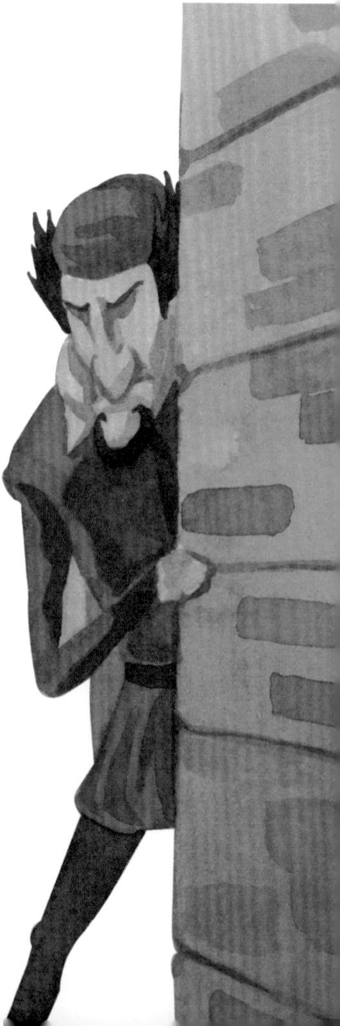

「憑良心說，我知道自己的價值。我在羅得斯島、塞浦路斯島和其他國土上，立過多少軍功，難道我就不能做一個副將？」伊阿

古是一名旗官，由於奧賽羅新近把卡西歐升作副官，引起他很深的恨意。

「我恨奧賽羅！我也恨卡西歐！我的怨毒積在心頭。羅德利哥，你不是也對他抱著同樣深刻的仇恨？讓我們同心合力向他們報仇！」

羅德利哥是威尼斯的一個紳士，他也愛上了蒙娜小姐，沒想到，意中人竟被奧賽羅給娶了，心裡一直很不痛快。

至於卡西歐呢？他是佛羅倫斯人，年輕英俊、開朗多情，又很得人緣，是奧賽羅的朋友。

詭計多端的伊阿古，是很聰明的，他了解人的天性裡，有一種叫做「嫉妒」的無形毒藥，發作起來，是可以害別人也可以害自己的。羅德利哥，是伊阿古利用的對象；奧賽羅和卡西歐，卻是他設計陷害的對象。

威尼斯的公敵土耳其，經水路向塞浦路斯大舉進犯，奧賽羅奉命出征。不料，在一場暴風雨中，土耳其艦隊被風浪擊沉，全軍覆沒。

奧賽羅下令全城解禁，公家的酒窖、伙食房，從下午五點到深夜十一點，一律開放，大家可以飲酒作樂，慶祝不戰而勝。

「喂！取酒來！我只要再灌他們一杯，準會像小狗一樣到處惹是生非！」

心懷鬼胎的伊阿古，裝出一臉誠懇坦率的模樣，一個勁兒

的勸卡西歐喝酒，等到他半醉的時候，一個受唆使的人故意惹他生氣而打起架來。結果，在一場混亂的鬥毆中，伊阿古乘機敲起城堡的警鐘，像是發生嚴重的兵變。

一向嚴格執行紀律的奧賽羅，為了軍紀，不得不撤銷卡西歐副官的職位。

「名譽，名譽，名譽！啊，我的名譽已經一敗塗地了！」卡西歐懊惱得不得了。

「嘿！朋友，你要恢復元帥對你的歡心，有的是辦法呢！」伊阿古假意安慰：「將軍不過是一時惱怒，只要懇求懇求他，一定會回心轉意的。」

「我告訴你一個方法。」伊阿古接著說：「你為什麼不去找將軍夫人呢？她是出了名的仁慈慷慨，人家請她出十分力，她要是沒有出到十二分，就覺得好像對不起人似的；何況，將軍一向很聽她的話！」

卡西歐接受了伊阿古的意見，去請蒙娜幫忙。

善良的蒙娜說：「放心吧！卡西歐，我一定會設法使我的丈夫恢復你原來的職位。」

這一頭呢，伊阿古卻在奧賽羅面前裝出一副吞吞吐吐的模樣，好像發現了什麼不可告人的祕密，暗示卡西歐和奧賽羅夫人之間有不正常的交往。否則，她怎麼會這麼熱心為卡西歐求情呢？

奧賽羅雖然很愛他的妻子，卻是個嫉妒心和猜疑心都很重的人，不禁胡思亂想起來：「是不是因為我生得黑醜，缺少紳士溫柔風雅的談吐？還是因為我年紀老了點兒，讓蒙娜變了心？」

「我想我的妻子是貞潔的，可是又疑心她不大貞潔；我想你是誠實的，可是又疑心你不大誠實；除非你拿出證據，否則我是不會相信的！」

「別生氣呀！將軍。請問尊夫人是不是有一條繡著草莓花樣的手帕？」伊阿古冷靜的問。

「不錯，那是我送她的第一件禮物。」

「噢，我經常看見卡西歐用這條手帕抹他的鬍子；而且，昨晚他還在睡夢中喊：『蒙娜！可愛的人兒！』」

「該死！該死！我但願那傢伙有四萬條生命，單單讓他死一次也發洩不了我的憤怒！」奧賽羅暴跳如雷，認為是莫大的恥辱。

「我的好夫人，我的眼睛有些脹痛，老是淌著眼淚，把那條繡了花兒的手帕借給我用一用。」奧賽羅迫不及待的想查明手帕的事兒。

「先談談卡西歐的事兒呢？你不是答應恢復他的職位嗎？什麼時候？明天？後天？愈快愈好！」不知情的蒙娜這麼說。

「手帕，手帕！它已經失去了嗎？」

「得啦，得啦！你再也找不到比卡西歐更能幹的人啦！」

「手帕！去把它拿來給我看！」奧賽羅窮追不捨。

手帕呢？真的不見了。不用說，這是伊阿古的陰謀，他早就趁著蒙娜不小心把手帕掉在地上的時候，撿了起來，故意放在卡西歐可以撿著的地方。

「天哪！我的手帕！」奧賽羅果然在卡西歐那兒發現了手帕的蹤跡。

「啊，一千倍，一千倍的可惱！」

「讓我去取卡西歐的性命吧！」伊阿古火上加油。

沒想到，失去理性的奧賽羅，竟然在一時衝動之下，把可憐、無辜的妻子給勒死了！

也就在同時，伊阿古派刺客羅德利哥去殺害卡西歐，幸好卡西歐只是受了傷，而且搜出一封記載了伊阿古陰謀的信來。

詭計終於被拆穿了，伊阿古得到了法庭的制裁。只是，奧賽羅不堪慚愧和悔恨，卻已經太晚了！

追劇也追句

奧賽羅 *Othello*

追劇

「★名譽，名譽，名譽！啊，我的名譽已經一敗塗地了！」卡西歐懊惱得不得了。

追句

★ Reputation, reputation, reputation! O, I have lost my reputation! I have lost the immortal part of myself, and what remains is bestial. My reputation, Iago, my reputation!（卡西歐）

8 王子復仇記

8 王子復仇記

寒冷的冬夜裡，時鐘已經敲過了十二下，城堡前的露臺上，沉靜得連一隻小老鼠也見不到。

丹麥王子哈姆雷特，站在凜冽的寒風裡，等待他父親的鬼魂出現。丹麥國王已經死去兩個多月了，據說，是在花園裡午睡的時候，被一條毒蛇咬死的。國王的弟弟，也就是哈姆雷特的叔叔，順理成章的成為合法王位繼承人，但是令人議論的是，皇后——也就是哈姆雷特的母親，竟在自己丈夫死後沒多久，就匆匆改嫁給現在的國王克勞狄斯。

哈姆雷特自從父王去世以後，一直鬱鬱不樂；父王的死因太離奇，令他滿腹狐疑，而母親的改嫁，也令他覺得不合乎禮節。

最近，他聽見一個謠傳，說是一連兩晚，守衛的哨兵，在萬籟俱靜的午夜守望的時候，都看見一個全身穿戴甲冑，長得和丹麥老國王一模一樣的鬼魂，用莊嚴而緩慢的步伐走過他們的身邊，而手裡所握的鞭子，幾乎碰到他們身上，嚇得守衛幾乎全身癱軟！不過，在晨雞高聲啼叫的時候，鬼魂就很快的隱去不見了。

「君王！父親！尊嚴的丹麥先王，告訴我，為什麼你長眠的骸骨那麼不安？為什麼安葬著你遺體的墳墓，張開沉重大理石的兩顎，把你重新吐放出來？啊！回答我，不要讓我迷迷糊糊的蒙在鼓裡！」

哈姆雷特耐心的等待父親的鬼魂出現，他急於知道事情的真相。

鬼魂果然出現了，它還輕輕的向王子招招手，要他跟著走。

「你要領我到什麼地方？說！我不願再前進了。」王子不顧陪伴一旁朋友的勸阻，跟著鬼魂走到一個僻靜的所在。

「聽著，聽著，我是你父親的靈魂！你必須替他報那殺身之仇！」

「讓我把話說得簡短一點。當我按照每天午後的慣例，在花園裡睡覺的時候，你的叔父趁我不備，拿了一個盛著毒草汁的小瓶，把一種使人麻痺的藥水注入我的耳朵內。那藥性發作起來，會像水銀一樣，很快的流過全身的大小血管，使我全身的皮膚立刻生出無數疱疹，像害了癩病似的滿布著可憎的鱗片。就這樣，我在睡夢之中，被一個兄弟同時奪去了我的生命、我的王冠和我的王后！」

鬼魂要求王子替他復仇，但也叮嚀他不要傷害王后，因為：「她會受到上天的裁判和良心的責備。」

下定決心復仇的王子，在自己還沒有找到更確實的證據之前，為了避免引起叔叔的注意和戒

心，就假裝發了瘋，不但穿著怪異，言行舉止也顛三倒四的。

正巧，這段時間裡，宮裡來了一個戲班子。哈姆雷特以前很喜歡看他們表演，如今靈機一動，想要藉這個戲班子在他叔叔和母親面前演一齣跟謀殺他父親相類似的舞臺劇。

「聽著，老朋友，你會演《貢札古之死》嗎？」王子問。這齣戲描寫的是維也納的一件公爵謀殺案。

「會的，殿下。」

「那麼，你們明天晚上表演這齣戲。也許我會為了必要的理由，另外寫下十幾行的臺詞穿插進去！」

王子的想法是：犯罪的人在看戲的時候，常會因為臺上表演的巧妙，而暴露了內心真正的感受；要是國王露出驚駭不安的神態，他就知道該怎麼辦了。

不知情的國王、王后和滿朝官員都來看戲了。不出所料，當國王看見舞臺上的演員拿著盛毒草汁的小瓶倒進貢札古耳朵裡的時候，竟激動得從座位上站起來，青白著臉說：「給我點起火把！回去！回去！」

說到這裡，誰是篡位的凶手，大家大概已經心裡有數了吧？當然國王是很恐懼的，由於心懷鬼胎，他開始設法用計謀害哈姆雷特。

他利用的對象是年輕的貴族雷歐提斯。因為在一次意外事件中，哈姆雷特刺死了他的父親，而他的妹妹——美麗的奧菲麗亞，也因為情人哈姆雷特竟然是殺她父親的凶手，受刺激之

餘發了瘋，而投進河裡淹死了。

在國王的安排下，亟欲報父（妹）仇的雷歐提斯，在劍頭上抹了最毒最毒的藥，準備和王子挑戰比劍，給他致命的一擊。沒想到，中劍的王子奪過毒劍回刺了他一下；而國王原本準備給哈姆雷特喝的一杯毒酒，也被王后誤飲，中毒死了。

受了傷的王子，要求把門關起來，要想查出凶手。中了毒劍的雷歐提斯，在臨死前說出真相，控訴這都是國王一手布置的陰謀！悲憤的王子便用那把剩餘了一些毒藥的劍，刺進新國王的胸膛。就這樣，惡人終於得到了報應，死了；而善良的王子哈姆雷特，雖然實踐了對他父親鬼魂的諾言，報了父仇，卻也犧牲了寶貴的生命！

追劇也追句

王子復仇記（又譯：哈姆雷特）*Hamlet*

追劇

鬼魂要求王子替他復仇，但也叮嚀他不要傷害王后，因為：「★她會受到上天的裁判和良心的責備。」

追句

But, howsoever thou pursuest this act,
Taint not thy mind, nor let thy soul contrive
Against thy mother aught: ★ leave her to heaven
And to those thorns that in her bosom lodge,
To prick and sting her. Fare thee well at once!
The glow-worm shows the matin to be near,
And 'gins to pale his uneffectual fire:
Adieu, adieu! Hamlet, remember me.（鬼魂）

名句

哈姆雷特因父親遭謀害而陷入痛苦掙扎，他發出對生命最本質的探問，也成為世上最有名的臺詞：★ To be, or not to be; that is the question.

（中譯各有詮釋：或譯：該忍辱偷生，或是一死了之？或譯：生存還是毀滅，這是個值得考慮的問題。）

9 仲夏夜之夢

距離雅典城三里遠的郊外，有一座奇妙的森林，裡面住了許多可愛的小精靈。每逢月色明媚的夜晚，小小的精靈們，便圍著透明的露珠、清香的丁香花叢跳舞、唱歌、逍遙、快樂。

英俊的小仙王和美麗的小仙后，是這個精靈王國的統治者。兩人感情原本很好，沒想到，最近一陣子，卻為一件事情爭吵不已。

原來，小仙后精靈身邊有一個非常可愛的印度小王子，小仙王也非常喜歡。他希望小仙后把印度小王子給他當隨身侍從，卻被小仙后一口回絕了。

小仙王的脾氣很壞，得不到自己想要的東西，便想了一個惡作劇的法子，讓小仙后「吃點苦頭」。他把親信大臣「撲

克」找來，命令他去找一種叫做「愛」的小紫花；只要把這種花的花汁滴在睡著的人的眼皮上，就能讓他們醒來第一眼看見什麼就愛上什麼。

「撲克」是森林裡最狡猾、淘氣的精靈了。他對主人的這個把戲很感興趣，立刻就跑去找「愛」的小紫花。

也就在同時，雅典城的一個美麗姑娘赫米亞和青年拉山德相約在樹林子裡見面。

赫米亞是雅典市民伊吉斯的女兒。她因為違抗父親的命令，不肯嫁給貴族出身的狄米，便和心愛的人拉山德相約逃走。依照當時雅典城的法律，做父親的人，是可以任意處罰不聽話的女兒。伊吉斯因此恐嚇女兒，如果不聽從他的話，就得判處死刑。

赫米亞把逃走的事情告訴了好朋友海麗娜。海麗娜雖然也是一個善良的姑娘，可是，當她知道這個祕密後，卻猶豫不決了；她很早就愛上了貴族狄米，為了博取他的歡心，不惜做出一切傻事兒，居然把赫米亞準備逃走的消息告訴狄米。於是，當拉山德和赫米亞相約到森林裡見面的當兒，狄米和海麗娜也及時趕到了。

正當小仙王打發「撲克」去採花汁不久，他便看見狄米和海麗娜走進樹林子裡。他偷聽到兩個人的談話，很同情海麗娜的處境——因為狄米一點也不愛她，正在譏諷她自作多情呢！

「撲克，拿一點兒花汁去！樹林子裡有個可愛的雅典姑娘，她愛上了一個傲慢的小伙子。要是那個小伙子在睡覺，就滴一些愛汁在他眼睛裡，想辦法使他一睜開眼睛，就愛上她！」小仙王說。

沒想到，撲克卻認錯了人，竟把愛汁滴在累得睡倒在草地上的拉山德。海麗娜剛好打他的身邊走過，拉山德一睜開眼睛，說也奇怪，對赫米亞的愛情居然全部消失，竟愛上海麗娜了。

小仙王知道撲克把愛汁滴錯了，就趕快找到了也累得睡在草地上的狄米，在他眼皮上滴下愛汁，好讓他第一眼就看見海麗娜，把錯誤扭轉過來。

事情就是錯得這樣離譜，原本愛著赫米亞的兩個青年人，

現在全都因為愛汁的魔力愛上海麗娜啦！可憐的海麗娜，還以為那三個人串通起來開她玩笑，因而氣得都快哭了！

「糟糕，糟糕！」小仙王趕快把頑皮的撲克找來：「你趕快用濃霧把黑夜籠罩起來，把這些拌起嘴的情人引到黑暗裡，叫他們迷了路，誰也找不到誰。你要弄到他們累得走不動，等他們睡著了，就把另一種花汁滴進拉山德的眼睛裡，設法使他醒來第一眼就看見赫米亞。這樣，就會恢復他對赫米亞的愛情了。這麼一來，兩個美麗的姑娘不是都能快快樂樂跟她們所愛的人在一起了嗎？大家都會以為自己作了一個奇怪的夢呢！」

事情，就這麼圓滿解決了。由於狄米愛的是海麗娜，不再堅持娶赫米亞為妻，赫米亞的爸爸也就不再勉強女兒的婚事，答應她嫁給拉山德了。

現在，再告訴你小仙后的遭遇。你知道當她眼睛裡滴了愛汁以後，睜開眼看到的第一個人是誰嗎？是一個迷途的鄉下人，腦袋上被小仙王套了一個可愛的驢子頭。

「美麗的驢子，讓我來摸摸你那可愛的、毛茸茸的臉蛋兒吧！讓我親親你那漂亮的大耳朵吧！」小仙后著了迷似的愛上了一頭「驢子」。

要不是後來小仙王適可而止結束了這場鬧劇，會有什麼樣的結果？你有沒有想過？

追劇也追句

仲夏夜之夢 *A Midsummer Night's Dream*

追劇

★ 小仙后著了迷似的愛上了一頭「驢子」。

追句

★ My Oberon! what visions have I seen!
Methought I was enamored of an ass.
我的奧布朗（小仙王）！我看見了怎樣的幻景！
好像我愛上了一頭驢子。

名句

★ Love looks not with the eyes, but with the mind.
And therefore is winged Cupid painted blind.

★愛情不是用眼睛看人，而是用心。所以插翅邱比特被畫成蒙著眼睛。
（我們常說「愛情是盲目的」，或許源自此處）

10 羅密歐與茱麗葉

故事發生在維洛那名城，
有兩家門第相當的望族，
累世的宿怨激起了新爭。
是命運注定這兩家仇敵，
生下一雙不幸的戀人。
他們悲慘的命運，
和解了交惡的尊親。

話說很久很久以前，在義大利的維洛那城，有兩個互相仇恨的家族：蒙太古和凱普萊特。這兩個家族不但互不往來，雙方還常因挑釁發生流血事件。

羅密歐是蒙太古的獨子，少年英俊，善良多情，由於一時迷惑，愛上了美麗聰明的羅瑟琳。驕傲的羅瑟琳，對他很冷淡，羅密歐的朋友里奧勸他：「別再想起她吧！」得到的回答是沮喪的：「那麼你教我怎樣忘記吧！」

有一天，羅密歐聽說羅瑟琳要參加凱普萊特家族的一場宴會，便跟他另一個朋友茂丘，戴上面具混進凱普萊特家的大廳，沒想到，卻與凱普萊特美麗的女兒茱麗葉一見鍾情，改變了他原來對羅瑟琳的愛意。

啊！火炬遠不及她的明亮，
她是天上明珠降落人間！
瞧她隨著女伴進退周旋，
像鴉群中一頭娉婷白鴿。
我從前的戀愛是假非真，
今晚才遇見絕世的佳人！

舞會開始時，羅密歐邀請茱麗葉共舞，並且吻了她。當茱麗葉知道羅密歐就是仇家的獨子後，不禁悲嘆道：

恨灰中燃起了愛火，
要是不該相識，何必相逢！
昨天的仇敵，今天的情人，
這場戀愛怕要種下禍根。

當晚，羅密歐攀登凱普萊特家的圍牆，潛進茱麗葉窗臺下的花園樹叢裡。他希望再見她一面：「啊！那是我的意中人！那是我的愛；但願她知道我在愛她！」

正巧，打開窗子出現在陽臺的茱麗葉，也自言自語述說她對羅密歐的好感呢！

「羅密歐啊！羅密歐，為什麼你偏偏是羅密歐呢？只有你的名字才是我的仇敵，你即使不姓蒙太古，仍然是這樣一個你。姓名本來是沒有意義的，玫瑰本來是沒有意義的，玫瑰換了名字，依舊芳香；羅密歐換了其他的名字，可愛和完美也絕不會

有絲毫的改變！我願意把整個心靈獻給你！」

這一對純情的少年男女，深深的愛上了對方，兩人發誓願意廝守終身。

第二天一早，羅密歐就到教堂與正直仁慈的勞倫斯神父懇談，希望他能為兩人主持婚禮。神父相信羅密歐的愛是真誠的，而且也希望他跟茱麗葉的結合，能解除兩個家族的仇恨，就答應了。

他們在約定的時間來找神父，完成祕密的婚禮。兩個人都有無法形容的歡欣，真誠的愛情充溢心中，只有神父暗自擔憂：「這種狂暴的快樂將會產生狂暴的結局。正像火和火藥的親吻，在最得意的一剎那煙消雲散。最甜的蜜糖可以使味覺麻木，不大熱烈的愛情才會維持久遠……」

同一天，羅密歐的朋友里奧和茂丘，在街上遊蕩，跟凱普萊特家族，茱麗葉的表哥提伯爾特發生衝突。剛完成婚禮的羅密歐，碰巧來到現場，不幸的事情發生了：茂丘被提伯爾特刺成重傷，羅密歐為了搶救朋友，意外刺死了提伯爾特，也因而被維洛那親王驅逐出境，以示重罰。

神父把判決的消息帶給羅密歐：「幸虧親王仁慈，特別對你開恩，才把可怕的死罪改成了放逐；你必須立刻離開維洛那境內。不要懊惱，這是一個廣大的世界。」

神父勸羅密歐先逃到曼多亞，直到適當時機，他再宣布兩人的婚禮，和解兩家親族，向親王請求特赦。

誰知道，就在同時，凱普萊特認為女兒該嫁人了，也不顧茱麗葉強烈的抗議，就決定把她嫁給尊貴的青年伯爵帕里斯。

茱麗葉趕到教堂，向勞倫斯神父求救。

「孩子，快快樂樂的回家去，答應嫁給帕里斯。」神父告訴她一個方法：「明天晚上你必須獨睡。上床以後，把這個藥瓶裡的汁液喝下去，不久，就會有一陣昏昏沉沉的寒氣通過全身的血管。接著，你的脈搏就會停止跳動，嘴脣和臉頰變成灰白，沒有一絲熱氣和呼吸可以證明你還活著。」

「在這種與死無異的狀態中，你必須經過四十二小時，才會醒過來。而當你家人發現你死亡的消息後，他們將會依照規矩，用柩車載著你到凱普萊特家族祖先的墳墓裡。我會寫信叫一個弟兄飛快帶信給羅密歐，告訴他我們的計畫，要他立刻趕來。我跟他會守在你的身邊，等你一醒過來，當夜就叫羅密歐帶著你離開。」

「愛情啊！給我力量吧！只有力量可以搭救我！」茱麗葉願意照著神父的話去做。

沒想到，神父的信竟因意外的耽擱沒辦法傳給羅密歐，而使他誤聽了茱麗葉的死訊。他決心潛回維洛那，見茱麗葉最後一面，同時也買了一瓶毒藥，準備到時喝下去。

羅密歐在晚上到達墓穴，看見帕里斯伯爵也在場哀悼。帕里斯以為羅密歐是來盜墓的，要他束手就捕。悲憤欲絕的羅密歐在激動下拔出劍來，將他刺死。

「原諒我吧！被殺害的少年。為了我的愛人，我乾了這一杯！」羅密歐飲下毒藥，躺在茱麗葉身邊死去。

從睡夢中甦醒的茱麗葉，看到死在身邊的羅密歐，猜想他是服毒殉情。茱麗葉痛不欲生，解開羅密歐所佩帶的匕首，刺死自己！

悲傷的勞倫斯神父，把經過情形明明白白的說了出來：「要是這一場不幸的慘禍，是由我的疏忽所造成，那麼我這條老命願受最嚴厲的法律制裁！」

親王不禁慨嘆著說：「凱普萊特！蒙太古！上天假手於愛情，奪去你們心愛的人，瞧你們的仇恨受到了多大的懲罰！」

「啊！蒙太古大哥！把你的手給我；這就是你給我女兒的

一份聘禮，我不能再作更大的要求了。」凱普萊特老淚縱橫。

「我要用純金為茱麗葉鑄一座像，紀念她對愛情的忠貞！」蒙太古緊緊握住凱普萊特的手。

兩個家族百年來結下的仇恨，終於因一對純潔少年男女的殉情而得到和解。

古往今來多少離合悲歡，誰曾見過這樣的哀怨辛酸？

追劇也追句

羅密歐與茱麗葉 *Romeo and Juliet*

追劇

★ 玫瑰本來是沒有意義的，玫瑰換了名字，依舊芳香；羅密歐換了其他的名字，可愛和完美也絕不會有絲毫的改變！我願意把整個心靈獻給你！（朱麗葉）

追句

★ What's in a name? That which we call a rose by any other word would smell as sweet.

名句

★ Good night, good night! Parting is such sweet sorrow
That l shall say good night till it be morrow.（Juliet）

★晚安！晚安！離別是這樣甜蜜的淒清，我真要向你道晚安直到天明！（朱麗葉）

Story 024

我們來追劇！

必追的莎士比亞十大經典故事

作　　者｜桂文亞
繪　　者｜陳　昕

字畝文化創意有限公司

社　　長｜馮季眉
編輯總監｜周惠玲
責任編輯｜戴鈺娟
編　　輯｜陳心方、巫佳蓮
封面設計｜洪千凡、許庭瑄
內頁設計｜蕭雅慧、盧美瑾、張簡至真
附錄插圖｜Rabbit44

讀書共和國出版集團

社長｜郭重興　發行人兼出版總監｜曾大福　業務平臺總經理｜李雪麗
業務平臺副總經理｜李復民　實體通路協理｜林詩富
網路暨海外通路協理｜張鑫峰　特販通路協理｜陳綺瑩
印務經理｜黃禮賢　印務主任｜李孟儒

發　　行｜遠足文化事業股份有限公司
地　　址｜231 新北市新店區民權路 108-2 號 9 樓
電　　話｜(02)2218-1417
傳　　真｜(02)8667-1065
電子信箱｜service@bookrep.com.tw
網　　址｜www.bookrep.com.tw

法律顧問｜華洋法律事務所　蘇文生律師
印　　製｜通南彩色印刷有限公司

2020年8月　初版一刷　2023年1月　初版四刷　定價：330元
ISBN 978-986-5505-13-4　書號：XBSY0024

國家圖書館出版品預行編目（CIP）資料

我們來追劇！必追的莎士比亞十大經典故事 / 桂文亞著；陳昕, rabbit44 繪. -- 初版. -- 新北市 : 字畝文化出版 : 遠足文化發行, 2020.08
面；　公分. --（Story ; 24）
ISBN 978-986-5505-13-4（平裝）
873.59　　109000945